Des Epimenides Erwachen

Johann Wolfgang Goethe

Edition : Culturea (Hérault, 34)
Contact : infos@culturea.fr
Retrouvez notre catalogue sur http://culturea.fr
Imprimé en Allemagne par Books on Demand
Design typographique : Derek Murphy
Layout : Reedsy (https://reedsy.com/)
ISBN : 9791041946006
Dépôt légal : Mars 2023

Ein Festspiel

Den Frieden kann das Wollen nicht bereiten:
Wer alles will, will sich vor allen mächtig;
Indem er siegt, lehrt er die andern streiten,
Bedenkend macht er seinen Feind bedächtig.
So wachsen Kraft und List nach allen Seiten,
Der Weltkreis ruht von Ungeheuern trächtig,
Und der Geburten zahlenlose Plage
Droht jeden Tag als mit dem jüngsten Tage.

Der Dichter sucht das Schicksal zu entbinden,
Das, wogenhaft und schrecklich ungestaltet,
Nicht Maß, noch Ziel, noch Richte weiß zu finden
Und brausend webt, zerstört und knirschend waltet.
Da faßt die Kunst, in liebendem Entzünden,
Der Masse Wust; die ist sogleich entfaltet
Durch Mitverdienst gemeinsamen Erregens,
Gesang und Rede, sinnigen Bewegens.

Erster Aufzug

Ein prächtiger Säulenhof; im Grunde ein tempelähnliches Wohngebäude.

Erster Auftritt

DIE MUSE *zwei Genien, der eine an einem Thyrsus Leier, Masken, geschriebene Rolle trophäenartig tragend, der andere einen Sternenkreis um sich her.*

In tiefe Sklaverei lag ich gebunden,
Und mir gefiel der Starrheit Eigensinn;
Ein jedes Licht der Freiheit war verschwunden,
Die Fesseln selbst, sie schienen mir Gewinn:
Da nahte sich, in holden Frühlingsstunden,
Ein Glanzbild; gleich entzückt so wie ich bin
Seh' ich es weit und breiter sich entfalten,
Und rings umher ist keine Spur des Alten.

Die Fesseln fallen ab von Händ' und Füßen,
Wie Schuppen fällt's herab vom starren Blick,
Und eine Träne, von den liebesüßen,
Zum ersten Mal sie kehrt ins Aug' zurück;
Sie fließt ihr nach die Götterschwestern fließen,
Das Herz empfindet längst entwohntes Glück,
Und mir erscheint, was mich bisher gemieden,
Ganz ohne Kampf, der reine Seelenfrieden.

Und mir entgegnet, was mich sonst entzückte:
Der Leier Klang, der Töne süßes Licht

Und, was mich schnell der Wirklichkeit entrückte,
Bald ernst, bald frohgemut, ein Kunstgesicht;
Und das den Pergamenten Aufgedrückte,
Ein unergründlich schweres Leichtgewicht;
Der Sterne Kreis erhebt den Blick nach oben,
Und alle wollen nur das Eine loben.

Und Glück und Unglück tragen so sich besser,
Die eine Schale sinkt, die andre steigt,
Das Unglück mindert sich, das Glück wird größer,
So auf den Schultern trägt man beide leicht!
Da leere das Geschick die beiden Fässer,
Der Segen trifft, wenn Fluch uns nie erreicht;
Wir sind für stets dem guten Geist zuteile,
Der böse selbst, er wirkt zu unserm Heile.

So ging es mir! Mög' es euch so ergehen,
Daß aller Haß sich augenblicks entfernte
Und, wo wir noch ein dunkles Wölkchen sehen.
Sich alsobald der Himmel übersternte,
Es tausendfach erglänzte von den Höhen
Und alle Welt von uns die Eintracht lernte;
Und so genießt das höchste Glück hienieden:
Nach hartem äußern Kampf den innern Frieden.

Die Muse bewegt sich, als wenn sie abgehen wollte; die Kinder ziehen voran und sind schon in der Kulisse, sie aber ist noch auf dem Theater, wenn Epimenides erscheint; dann spricht sie folgende Stanze, geht ab, und jener kommt die Stufen herab.

MUSE.

Und diesen lass' ich euch an meiner Stelle,

Der, früher schon geheimnisvoll belehrt,
Als Mann der Weisheit unversiegter Quelle
Und ihrem Schaun sich treulich zugekehrt,
Nun freigesinnt, beinah zur Götterhelle
Die wunderbarsten Bilder euch erklärt;
Doch laßt vorher die wildesten Gestalten
In eigensinn'ger Kraft zerstörend walten.

Ab.

Zweiter Auftritt

EPIMENIDES.

Uralten Waldes majestätische Kronen,
Schroffglatter Felsenwände Spiegelflächen
Im Schein der Abendsonne zu betrachten
Erreget Geist und Herz zu der Natur
Erhabnen Gipfeln, ja zu Gott hinan.
Auch schau' ich gern der Menschenhände Werk,
Woher des Meisters Hochgedanke strahlt;
Und dieser Pfeiler, dieser Säulen Pracht
Umwandl' ich sinnend, wo sich alles fügte,
Wo alles trägt und alles wird getragen!
So freut mich auch, zu sehn ein edles Volk
Mit seinem Herrscher, die im Einklang sich
Zusammenwirkend fügen, für den Tag,
Ja für Jahrhunderte, wenn es gelingt.
Und so begrüß' ich froh die Morgensonne,
Begrüße gleicherweis' die scheidende.
Dann wend' ich meinen Blick den Sternen zu,
Und dort wie hier ist Einklang der Bewegung.
Der Jugend Nachtgefährt' ist Leidenschaft,
Ein wildes Feuer leuchtet ihrem Pfad;
Der Greis hingegen wacht mit hellem Sinn,
Und sein Gemüt verschließt das Ewige.

Dritter Auftritt

GENIEN *treten rasch auf und stellen sich ihm zu beiden Seiten.*

Wandelt der Mond und bewegt sich der Stern,
Junge wie Alte, sie schlafen so gern;
Leuchtet die Sonne nach löblichem Brauch,
Junge wie Alte, sie schlafen wohl auch.

EPIMENIDES.

Ein heitres Lied, ihr Kinder; doch voll Sinn.
Ich kenn' euch wohl! Sobald ihr scherzend kommt,
Dann ist es Ernst, und wenn ihr ernstlich sprecht,
Vermut' ich Schalkheit. Schlafen, meint ihr, schlafen?
An meine Jugend wollt ihr mich erinnern.
Auf Kretas Höhn, des Vaters Herde weidend,
Die Insel unter mir, ringsum das Meer,
Den Tageshimmel von der einzigen Sonne,
Von tausenden den nächtigen erleuchtet
Da strebt's in meiner Seele, dieses All,
Das herrliche, zu kennen; doch umsonst:
Der Kindheit Bande fesselten mein Haupt.
Da nahmen sich die Götter meiner an,
Zur Höhle führten sie den Sinnenden,
Versenkten mich in tiefen langen Schlaf.
Als ich erwachte, hört' ich einen Gott:
»Bist vorbereitet«, sprach er, »wähle nun!
Willst du die Gegenwart und das, was ist,
Willst du die Zukunft sehn, was sein wird?« Gleich
Mit heiterm Sinn verlangt' ich zu verstehn,
Was mir das Auge, was das Ohr mir beut.

Und gleich erschien durchsichtig diese Welt,
Wie ein Kristallgefäß mit seinem Inhalt.
Den schau' ich nun so viele Jahre schon;
Was aber künftig ist, bleibt mir verborgen.
Soll ich vielleicht nun schlafen, sagt mir an,
Daß ich zugleich auch Künftiges gewahre?

GENIEN.

Wärest du fieberhaft, wärest du krank,
Wüßtest dem Schlafe du herzlichen Dank;
Zeiten, sie werden so fieberhaft sein,
Laden die Götter zum Schlafen dich ein.

EPIMENIDES.

Zum Schlafen? jetzt? Ein sehr bedeutend Wort.
Zwei euresgleichen sind's, wo nicht ihr selbst,
Sind Zwillingsbrüder, einer Schlaf genannt,
Den andern mag der Mensch nicht gerne nennen;
Doch reicht der Weise einem wie dem andern
Die Hand mit Willen also, Kinder, hier!

Er reicht ihnen die Hände, welche sie anfassen.

Hier habt ihr mich! Vollziehet den Befehl
Ich lebte nur, mich ihm zu unterwerfen.

GENIEN.

Wie man es wendet und wie man es nimmt,
Alles geschieht, was die Götter bestimmt!
Laß nur den Sonnen, den Monden den Lauf,
Kommen wir zeitig und wecken dich auf.

Epimenides steigt, begleitet von den Knaben, die Stufen hinan, und als die Vorhänge sich öffnen, sieht man ein prächtiges Lager, über demselben eine wohlerleuchtende Lampe. Er besteigt es; man sieht ihn sich niederlegen und einschlafen. Sobald der Weise ruht, schließen die Knaben zwei eherne Pfortenflügel, auf welchen man den Schlaf und Tod, nach antiker Weise, vorgestellt sieht. Fernes Donnern.

Vierter Auftritt

HEERESZUG *im Kostüm der sämtlichen Völker, welche von den Römern zuerst bezwungen und dann als Bundesgenossen gegen die übrige Welt gebraucht worden.*

Der Ruf des Herrn
Der Herrn ertönt;
Wir folgen gern,
Wir sind's gewöhnt;
Geboren sind
Wir all' zum Streit,
Wie Schall und Wind
Zum Weg bereit.

Wir ziehn, wir ziehn
Und sagen's nicht,
Wohin? wohin?
Wir fragen's nicht;
Und Schwert und Spieß,
Wir tragen's fern,
Und jens und dies,
Wir wagen's gern.

Fünfter Auftritt

DÄMON DES KRIEGS *sehr schnell auftretend.*

Mit Staunen seh' ich euch, mit Freude,
Der ich euch schuf, bewundr' euch heute:
Ihr zieht mich an, ihr zieht mich fort,
Mich muß ich unter euch vergessen:
Mein einzig Streben sei immerfort,
An eurem Eifer mich zu messen.
Des Höchsten bin ich mir bewußt,
Dem Wunderbarsten widm' ich mich mit Lust:
Denn wer Gefahr und Tod nicht scheut,
Ist Herr der Erde, Herr der Geister;
Was auch sich gegensetzt und dräut,
Er bleibt zuletzt allein der Meister.
Kein Widerspruch! kein Widerstreben!
Ich kenne keine Schwierigkeit,
Und wenn umher die Länder beben,
Dann erst ist meine Wonnezeit.
Ein Reich mag nach dem andern stürzen,
Ich steh' allein und wirke frei;
Und will sich wo ein schneller Knoten schürzen,
Um desto schneller hau' ich ihn entzwei.
Kaum ist ein großes Werk getan,
Ein neues war schon ausgedacht;
Und wär' ich ja aufs Äußerste gebracht,

Da fängt erst meine Kühnheit an.
Ein Schauder überläuft die Erde,
Ich ruf' ihr zu ein neues Werde.

Ein Brandschein verbreitet sich über das Theater.

Es werde Finsternis! Ein brennend Meer
Soll allen Horizont umrauchen
Und sich der Sterne zitternd Heer
Im Blute meiner Flammen tauchen.
Die höchste Stunde bricht herein,
Wir wollen ihre Gunst erfassen:
Gleich unter dieser Ahnung Schein
Entfaltet euch, gedrängte Massen;
Vom Berg ins Land, flußab ans Meer
Verbreite dich, unüberwindlich Heer!
Und wenn der Erdkreis überzogen
Kaum noch den Atem heben mag,
Demütig seine Herrn bewirtet
Am Ufer schließet mir des Zwanges ehrnen Bogen:
Denn wie euch sonst das Meer umgürtet,
Umgürtet ihr die kühnen Wogen:
So Nacht für Nacht, so Tag für Tag;
Nur keine Worte Schlag auf Schlag!

HEERESZUG *sich entfernend.*

So geht es kühn
Zur Welt hinein;
Was wir beziehn,
Wird unser sein:
Will einer das,
Verwehren wir's;
Hat einer was,
Verzehren wir's.

Hat einer gnug
Und will noch mehr,
Der wilde Zug
Macht alles leer.
Da sackt man auf,
Und brennt das Haus,
Da packt man auf
Und rennt heraus.

So zieht vom Ort
Mit festem Schritt
Der Erste fort
Den Zweiten mit;
Wenn Wahn und Bahn
Der Beste brach,
Kommt an und an
Der Letzte nach.

Sechster Auftritt

DÄMONEN DER LIST *treten, in verschiedenen Gestalten, von derselben Seite, nach welcher das Kriegsheer abzieht, auf, schlingen sich durch die Kolonne durch, welche, in ihrem raschen Schritt gehindert, langsamer abzieht.*

Wenn unser Sang
Gefällig lockt,
Der Siegesdrang,
Er schwankt und stockt;
Wenn unser Zug
Sich krümmt und schlingt,
Der Waffen Flug
Wird selbst bedingt.

Nur alle mit
Dahin! dahin!
Nur Schritt vor Schritt,
Gelassen kühn.
Wie's steht und fällt,
Ihr tretet ein;
Geschwind die Welt
Wird euer sein.

Wenn der Kriegszug das Theater verlassen hat, haben die Neuangekommenen dasselbe schon völlig

eingenommen, und indem der Dämon des Kriegs den Seinigen folgen will, treten ihm die Dämonen der List in den Weg.

Siebenter Auftritt

Dämonen der List.

ALLE.

Halt ein! Du rennst in dein Verderben!

DÄMON DES KRIEGS.

Wer also spricht, der müsse sterben.

PFAFFE.

Erkenn' ich doch, daß du unsterblich bist;
Doch auch unsterblich ist die Pfaffenlist.

DÄMON DES KRIEGS.

So sprecht!

JURIST.

Fürwahr, dein ungezähmter Mut
Läßt sich durch Güte nicht erbitten.
Du wirst mit einem Meer von Blut
Den ganzen Erdkreis überschütten.

DIPLOMAT.

Doch wandl' ich dir nicht still voran
Und folg' ich nicht den raschen Pfaden,
So hast du wenig nur getan
Und wirst dir immer selber schaden.

DAME.

Wer leise reizt und leise quält,
Erreicht zuletzt des Herrschers höchstes Ziel;
Und wie den Marmor selbst der Tropfen Folge höhlt,
So töt' ich endlich das Gefühl.

DIPLOMAT.

Du eilst uns vor, wir folgen still,
Und mußt uns noch am Ende schätzen:
Denn wer der List sich wohl noch fügen will,
Wird der Gewalt sich widersetzen.

DÄMON DES KRIEGS.

Verweilet ihr, ich eile fort!
Der Abschluß, der ist meine Sache.
Du wirkest hier, du wirkest dort,
Und wenn ich nicht ein Ende mache,
So hat ein jeder noch ein Wort.
Ich löse rasch mit einem Male
Die größten Zweifel Angesichts:
So legte Brennus in die Schale
Das Schwert statt goldenen Gewichts.
Du magst nur dein Gewerbe treiben,
In dem dich niemand übertrifft;
Ich kann nur mit dem Schwerte schreiben,
Mit blut'gen Zügen, meine Schrift.

Geht rasch ab.

Achter Auftritt

Dämonen der List.

PFAFFE.

Der Kriegesgott, er wüte jetzt,
Und ihr umgarnt ihn doch zuletzt.

DIPLOMAT.

Zertret' er goldner Saaten Halme
Mit flügelschnellem Siegeslauf,
Allein wenn ich sie nicht zermalme,
Gleich richten sie sich wieder auf.

DAME.

Die Geister macht er nie zu Sklaven;
Durch offne Rache, harte Strafen
Macht er sie nur der Freiheit reif.

HOFMANN.

Doch alles, was wir je ersonnen,
Und alles, was wir je begonnen,
Gelinge nur durch Unterschleif.

PFAFFE.

Den Völkern wollen wir versprechen,
Sie reizen zu der kühnsten Tat;
Wenn Worte fallen, Worte brechen,
Nennt man uns weise, klug im Rat.

JURIST.

Durch Zaudern wollen wir verwehren,
Und alle werden uns vertraun.
Es sei ein ewiges Zerstören,
Es sei ein ew'ges Wiederbaun.

LUSTIGE PERSON.

Steht nur nicht in so eng geschloßnen Reihen,
Schließt mich in eure Zirkel ein,
Damit zu euren Gaukeleien
Die meinigen behilflich sei'n!

Bin der Gefährlichste von allen!
Dieweil man mich für nichtig hält;
Daran hat jedermann Gefallen,
Und so betrüg' ich alle Welt.

Euch dien' es allen zum Bescheide:
Ich spiele doppelte Person
Erst komm' ich an in diesem Kleide,
In diesem mach' ich mich davon.

Zeigt sich als böser Geist, versinkt, eine Flamme schlägt empor.

DIPLOMAT.

Und nun beginnet gleich das herrliche Gebäude,
Der Augen Lust, des Geistes Freude,
Im Wege steht es mir vor allen;
Durch eure Künste soll es fallen.

HOFMANN.

Leise müßt ihr das vollbringen,
Die gelinde Macht ist groß;
Wurzelfasern, wie sie dringen,
Sprengen wohl die Felsen los.

CHOR.

Leise müßt ihr das vollbringen,
Die geheime Macht ist groß.

HOFMANN.

Und so löset still die Fugen
An dem herrlichen Palast;
Und die Pfeiler, wie sie trugen,
Stürzen durch die eigne Last.
In das Feste sucht zu dringen
Ungewaltsam, ohne Stoß.

CHOR.

Leise müßt ihr das vollbringen,
Die geheime Macht ist groß.

Während dieses letzten Chors verteilen sich die Dämonen an alle Kulissen, nur der Hofmann bleibt in der Mitte, die übrigen sind mit dem letzten Laute auf einmal alle verschwunden.

Neunter Auftritt

Dämon als Hofmann allein. Lauschend.

Ich trete sacht, ich halte Puls und Oden
Ich fühle sie wohl, doch hör' ich sie nicht;
Es zittert unter mir der Boden;

Ich fürchte selbst, er schwankt und bricht:

Er entfernt sich von der einen Seite.

Die mächtig riesenhaften Quadern,
Sie scheinen unter sich zu hadern;

Er entfernt sich von der andern Seite.

Die schlanken Säulenschäfte zittern,
Die schönen Glieder, die in Liebesbanden
Einträchtig sich zusammenfanden,
Jahrhunderte als Eins bestanden
Erdbeben scheinen sie zu wittern,
Bei dringender Gefahr und Not,
Die einem wie dem andern droht,
Sich gegenseitig zu erbittern.

Er tritt in die Mitte, argwöhnisch gegen beide Seiten.

Ein Wink, ein Hauch den Bau zugrunde stößt,
Wo sich von selbst das Feste löst.

In dem Augenblicke bricht alles zusammen. Er steht in schweigender, umsichtiger Betrachtung.

Zehnter Auftritt

DÄMON DER UNTERDRÜCKUNG *tritt auf, im Kostüm eines orientalischen Despoten.*

DÄMON DER LIST *ehrerbietig.*

Mein Fürst! mein Herrscher, so allein?

DÄMON DER UNTERDRÜCKUNG.

Da, wo ich bin, da soll kein andrer sein.

DÄMON DER LIST.

Auch die nicht, die dir angehören?

DÄMON DER UNTERDRÜCKUNG.

Ich werde niemals dir verwehren,
Zu schaun mein fürstlich Angesicht;
Doch weiß ich wohl, du liebst mich nicht.
Dein Vielbemühn, was hilft es dir?
Denn ewig dienstbar bist du mir.

DÄMON DER LIST.

Herr, du verkennest meinen Sinn!
Zu dienen dir, ist mein Gewinn;
Und wo kann freieres Leben sein,
Als dir zu dienen, dir allein!
Was Großes auch die Welt gesehn,
Für deinen Zepter ist's geschehn;

Was Himmel zeugte, Hölle fand,
Ergossen über Meer und Land,
Es kommt zuletzt in deine Hand.

DÄMON DER UNTERDRÜCKUNG.

Sehr wohl! Die Mühe mir verkürzen,
Das ist dein edelster Beruf:
Denn was die Freiheit langsam schuf,
Es kann nicht schnell zusammenstürzen,
Nicht auf der Kriegsposaune Ruf;
Doch hast du klug den Boden untergraben,
So stürzt das alles Blitz vor Blitz.
Da kann ich meinen stummen Sitz
In sel'gen Wüsteneien haben.
Du hast getan, wie ich gedacht.
Ich will nun sehn, was du vollbracht.

Verliert sich unter die Ruinen.

Eilfter Auftritt

DÄMON DER LIST *zuversichtlich.*

Ja, gehe nur und sieh dich um!
In unsrer Schöpfung magst du wohnen.
Du findest alles still und stumm,
Denkst du in Sicherheit zu thronen.
Ihr brüstet euch, ihr unteren Dämonen;
So mögt ihr wüten, mögt auch ruhn,
Ich deut' euch beides heimlich an.
Da mag denn jener immer tun
Und dieser glauben, es sei getan.

Ich aber wirke schleichend immerzu,
Um beide nächstens zu erschrecken:
Dich Kriegesgott bring' ich zur Ruh,
Dich Sklavenfürsten will ich wecken.

Zu dringen und zu weichen,
Das ist die größte Kunst,
Und so zu überschleichen
Das Glück und seine Gunst.
Die Wege, die sie gehen,
Sie sind nach meinem Sinn;
Der Übermut soll gestehen,
Daß ich allmächtig bin.

Ab.

Zwölfter Auftritt

DÄMON DER UNTERDRÜCKUNG *aus den Ruinen hervortretend.*

Es ist noch allzu frisch, man könnt' es wieder bauen;
Die graue Zeit, wirkend ein neues Grauen
Verwittrung, Staub und Regenschlick –,
Mit Moos und Wildnis düstre sie die Räume.
Nun wachst empor, ehrwürd'ge Bäume!
Und zeiget dem erstaunten Blick
Ein längst veraltetes, verschwundenes Geschick,
Begraben auf ewig jedes Glück.

Während dieser Arie begrünet sich die Ruine nach und nach.

Nicht zu zieren zu verdecken,
Nicht zu freuen zu erschrecken,
Wachse dieses Zaubertal!
Und so schleichen und so wanken,
Wie verderbliche Gedanken,
Sich die Büsche, sich die Ranken
Als Jahrhunderte zumal.

So sei die Welt denn einsam! aber mir,
Dem Herrscher, ziemt es nicht, daß er allein:
Mit Männern mag er nicht verkehren,
Eunuchen sollen Männern wehren,
Und halb umgeben wird er sein;
Nun aber sollen schöne Frauen
Mit Taubenblick mir in die Augen schauen,

Mit Pfauenwedeln luftig wehen,
Gemeßnen Schrittes mich umgehen,
Mich liebenswürdig all' umsehnen,
Und ganze Scharen mir allein.
Das Paradies, es tritt herein!
Er ruht im Überfluß gebettet,
Und jene, die sich glücklich wähnen,
Sie sind bewacht, sie sind gekettet.

Dreizehnter Auftritt

LIEBE *ungesehen, aus der Ferne.*

Ja, ich schweife schon im Weiten
Dieser Wildnis leicht und froh:
Denn der Liebe sind die Zeiten
Alle gleich und immer so.

DÄMON DER UNTERDRÜCKUNG,

Wie? was hör' ich da von weiten?
Ist noch eine Seele froh?
Ich vernichte Zeit auf Zeiten,
Und sie sind noch immer so!

Melodie jenes Gesangs, durch blasende Instrumente. Der Dämon zeigt indessen Gebärden der Überraschung und Rührung.

Doch dein Busen will entflammen,
Dich besänftigt dieser Schall?
Nimm, o nimm dich nur zusammen
Gegen diese Nachtigall!

LIEBE *tritt auf.*

Der Dämon ist zurückgetreten.

Ja, ich walle gern im Weiten
Dieser Pfade leicht und froh:

Denn der Liebe sind die Zeiten
Alle gleich und immer so.

DÄMON DER UNTERDRÜCKUNG.

O, wie kommt sie da von weiten,
Ohne Furcht und immer froh!

LIEBE.

Denn der Liebe sind die Zeiten
Immer gleich und immer so.

DÄMON DER UNTERDRÜCKUNG *zu ihr tretend.*

Wen suchst du denn? Du suchest wen!
Ich dächte doch, du mußt ihn kennen.

LIEBE.

Ich suche wohl es ist so schön!
Und weiter weiß ich nichts zu nennen.

DÄMON DER UNTERDRÜCKUNG *anständig zudringlich, gehalten und scherzhaft.*

Nun, o nenne mir den Lieben,
Dem entgegen man so eilt.

LIEBE.

Ja, es ist, es ist das Lieben,
Das im Herzen still verweilt!

Der Dämon entfernt sich.

Vierzehnter Auftritt

Glaube hat die Schwester am Gesang erkannt, kommt eilig herbei, wirft sich ihr an die Brust. Liebe fährt in ihrem heitern Gesange noch eine Zeitlang fort, bis Glaube sich leidenschaftlich losreißt und abwärts tritt.

GLAUBE.

O liebste Schwester! Kannst du mich
Und meine Leiden so empfangen?
Ich irre trostlos, suche dich,
An deinem Herzen auszubangen;
Nun flieh' ich leider, wie ich kam,
Mich abgestoßen muß ich fühlen:
Wer teilt nun Zweifel, Kummer, Gram,
Wie sie das tiefste Herz durchwühlen!

LIEBE *sich nähernd.*

O Schwester! mich so im Verdacht?
Die immer neu und immer gleich
Unsterbliche unsterblich macht,
Die Sterblichen alle gut und reich.
Von oben kommt mir der Gewinn
Die höchste Gabe willst du lästern?
Denn ohne diesen heitren Sinn
Was wären wir und unsre Schwestern!

GLAUBE.

Nein, in diesen Jammerstunden
Klinget keine Freude nach!
Schmerzen, tausendfach empfunden,

Herz um Herz, das knirschend brach,
Leer Gebet, vergebne Tränen,
Eingekettet unser Sehnen,
Unsrer Herrlichkeit Verhöhnen,
Der Erniedrigung Gewöhnen!
Ewig deckt die Nacht den Tag.

LIEBE.

Es sind nicht die letzten Stunden,
Laß den Göttern das Gericht!

GLAUBE.

Nie hast du ein Glück empfunden:
Denn der Jammer rührt dich nicht!

Sie treten auseinander.

DÄMON DER UNTERDRÜCKUNG *für sich.*

Still! nun hab' ich überwunden
Schwestern und verstehn sich nicht!

Zum Glauben.

Herrlich Mädchen! welches Bangen,
Welche Neigung, welch Verlangen
Reget diese schöne Brust?

GLAUBE.

Herr, o Herr! gerecht Verlangen
War, die Schwester zu umfangen,
Treue bin ich mir bewußt.

DÄMON DER UNTERDRÜCKUNG *zur Liebe.*

Wie, du Holde? Das Verlangen,
Deine Schwester zu umfangen,
Regt sich's nicht in deiner Brust?

LIEBE.

Sie, die Beste, zu umfangen,
Fühl' ich ewiges Verlangen;
Komm, o komm an meine Brust!

GLAUBE.

O verzeih dem Schmerz, dem Bangen!
Kaum getraut' ich, zu verlangen
Lieb' um Liebe, Lust um Lust!

Sie umarmen sich.

DÄMON DER UNTERDRÜCKUNG *für sich.*

Immer wächst mir das Verlangen,
Zu betören; sie zu fangen,
Sei mein Streben, meine Lust.

Zwischen sie tretend.

Holdsel'ges Paar, das himmlisch mir begegnet,
Es sei der Tag für euch und mich gesegnet,
Er sei bezeichnet immerdar!
Ja, dieser Stunde jedes von uns gedenke!

Kleine Dämonen mit Juwelen.

Verschmähet nicht die wenigen Geschenke
Aus meiner Hand, verehrtes Paar.

Die Liebe liebkosend und ihr Armbänder anlegend.

Hände, meiner Augen Weide,
O wie drück' und küss' ich sie!
Nimm das köstlichste Geschmeide,
Trag es und vergiß mich nie!

Den Glauben liebkosend und ihr einen köstlichen Gürtel oder vielmehr Brustschmuck anlegend.

Wie sie sich in dir vereinen,
Hoher Sinn und Lebenslust:
So mit bunten Edelsteinen
Schmück' ich dir die volle Brust.

Die kleinen Dämonen bringen heimlich schwarze schwere Ketten hervor.

GLAUBE.

Das verdient wohl dieser Busen,
Daß ihn die Juwele schmückt.

Der eine Dämon hängt ihr die Kette hinten in den Gürtel, in dem Augenblick fühlt sie Schmerzen, sie ruft, indem sie auf die Brust sieht.

Doch wie ist mir! von Medusen
Werd' ich greulich angeblickt.

LIEBE.

O! wie sich das Auge weidet,
Und die Hand, wie freut sie sich!

Sie streckt die Arme aus und besieht die Armbänder von oben; das Dämonchen hängt von unten eine Doppelkette ein.

Was ist das? wie sticht's und schneidet,
Und unendlich foltert's mich!

DÄMON DER UNTERDRÜCKUNG *zur Liebe, mäßig spottend.*

So ist dein zartes Herz belohnt!
Von diesen wird dich nichts erretten;
Doch Ende dich, du bist's gewohnt,
Du gehst doch immerfort in Ketten.

Zum Glauben, der sich ängstlich gebärdet, mit geheuchelter Teilnahme.

Ja, schluchze nur aus voller Brust
Und mache den Versuch, zu weinen!

Zu beiden gewaltsam.

Verzichtet aber auf Glück und Lust;
Das Beßre wird euch nie erscheinen!

Sie fahren von ihm weg, werfen sich an den Seiten nieder; Liebe liegt ringend, Glaube still.

DÄMON DER UNTERDRÜCKUNG.

So hab' ich euch dahin gebracht,
Beim hellsten Tag in tiefste Nacht.
Getrennt wie sie gefesselt sind,
Ist Liebe töricht, Glaube blind.
Allein die Hoffnung schweift noch immer frei
Mein Zauber winke sie herbei!
Ich bin schon oft ihr listig nachgezogen,
Doch wandelbar wie Regenbogen,
Setzt sie den Fuß bald da, bald dort, bald hier;
Und hab' ich diese nicht betrogen,
Was hilft das andre alles mir!

Funfzehnter Auftritt

Hoffnung erscheint auf der Ruine linker Hand des Zuschauers, bewaffnet mit Helm, Schild und Speer.

DÄMON DER UNTERDRÜCKUNG.

Sie kommt! sie ist's! Ich will sie kirren:
's ist auch ein Mädchenhaupt, ich will's verwirren.
Sie sieht mich, bleibt gelassen stehn,
Sie soll mir diesmal nicht entgehn.

Sanft teilnehmend.

Im Gedränge hier auf Erden
Kann nicht jeder, was er will;
Was nicht ist, es kann noch werden,
Hüte dich und bleibe still.

Sie hebt den Speer gegen ihn auf und steht in drohender Gebärde unbeweglich.

Doch welch ein Nebel, welche Dünste
Verbergen plötzlich die Gestalt!
Wo find' ich sie? Ich weiß nicht, wo sie wallt:
An ihr verschwend' ich meine Künste.
Verdichtet schwankt der Nebelrauch und wächst
Und webt, er webt undeutliche Gestalten,
Die deutlich, doch undeutlich, immerfort
Das Ungeheure mir entfalten.
Gespenster sind's, nicht Wolken, nicht Gespenster,
Die Wirklichen, sie dringen auf mich ein.

Wie kann das aber wirklich sein,
Das Webende, das immer sich entschleiert?
Verschleierte Gestalten, Ungestalten,
In ewigem Wechseltrug erneuert!
Wo bin ich? Bin ich mir bewußt?
Sie sind's! sie sind auch nicht, und aus dem Grauen
Muß ich voran lebendig Kräft'ge schauen;
Fürwahr, es drängt sich Brust an Brust
Voll Lebensmacht und Kampfeslust;
Die Häupter in den Wolken sind gekrönt,
Die Füße schlangenartig ausgedehnt,
Verschlungen schlingend,
Mit sich selber ringend,
Doch alle klappernd nur auf mich gespitzt.
Die breite Wolke senkt sich, eine Wolke
Lebendig tausendfach, vom ganzen Volke,
Von allen Edlen schwer; sie sinkt, sie drückt,
Sie beugt mich nieder, sie erstickt!

Er wehrt sich gegen die von der Einbildungskraft ihm vorgespiegelte Vision, weicht ihr aus, wähnt, in die Enge getrieben zu sein, ist ganz nahe, zu knien. Die Hoffnung nimmt ihre ruhige Stellung wieder an. Er ermannt sich.

Aufgeregte Höllenbilder,
Zeigt euch wild und immer wilder,
Und ihr fechtet mich nicht an!
Euer Wanken, euer Weben
Sind Gedanken; sollt' ich beben
Vor dem selbstgeschaffnen Wahn?
Euer Lasten, euer Streben,
Ihr Verhaßten, ist kein Leben;

Eure Häupter, eure Kronen
Sind nur Schatten, trübe Luft.
Doch ich wittre Grabesduft:
Unten schein' ich mir zu wohnen,
Und schon modert mir die Gruft.

Er entflieht mit Grauen. Hoffnung ist nicht mehr zu sehen. Der Vorhang fällt.

Zweiter Aufzug

Erster Auftritt

LIEBE *erhebt sich nach einiger Zeit, wie abwesend, wo nicht wahnsinnig.*

Sag', wie ist dir denn zumalen?
Was beengt dir so das Herz?
Was ich fühle, sind nicht Qualen,
Was ich leide, ist nicht Schmerz.
Ob ich gleich den Namen höre,
Liebe, so hieß ich immerfort;
Es ist, als ob ich gar nicht wäre,
Liebe, 's ist ein leeres Wort.

GLAUBE *die indessen aufgestanden, aber nicht sicher auf ihren Füßen steht.*

Wankt der Felsen unter mir,
Der mich sonst so kräftig trug?
Nein! ich wanke, sinke hier,
Habe nicht mehr Kraft genug,
Mich zu halten; meine Knie
Brechen, ach, ich beuge sie
Nicht zum Beten; sinnenlos,
Herzlos lieg' ich an dem Boden,
Mir versagt, mir stockt der Oden;
Götter! meine Not ist groß!

LIEBE *weiterschreitend.*

Zwar gefesselt sind die Hände,
Doch der Fuß bewegt sich noch;
Wenn ich, ach, dorthin mich wende,
Schüttl' ich ab das schwere Joch.

GLAUBE *wie jene, nur etwas rascher und lebhafter.*

Will ich mich vom Ort bewegen,
Wird vielleicht der Busen frei.

Sieht die Schwester herankommen.

O, die Schwester! Welch ein Segen!
Ja, die Gute kommt herbei.

Indem sie gegeneinander die Arme ausstrecken, sehen sie sich so weit entfernt, daß sie sich nicht berühren können.

LIEBE.

Gott! ich kann dich nicht erreichen,
Ach, von dir steh' ich gebannt!

Indem sie an ihren vorigen Platz eilig zurückkehrt.

GLAUBE.

Gibt's ein Elend solchesgleichen!

Die noch gezögert und sich hin und wieder umgesehen hat, stürmt auch nach ihrer Seite.

Nein! die Welt hat's nicht gekannt.

Beide werfen sich an ihrer Stelle nieder.

Zweiter Auftritt

HOFFNUNG *welche indessen oben erschienen und heruntergetreten ist.*

Ich höre jammern, höre klagen
In Banden meine Schwestern? Wie,
O wie sie ringen, wie sie zagen!
Vernehmt mein Wort, es fehlet nie.
Ihr zeigt mir freilich eure Ketten,
Getrauet nicht, mich anzuschaun;
Doch bin ich, hoff' euch zu erretten
Erhebt euch, kommt, mir zu vertraun!

Dritter Auftritt

GENIEN *herbeieilend.*

Immer sind wir noch im Lande,
Hier und dort mit raschem Lauf.

Sie nehmen die Ketten ab, zugleich mit dem Schmuck.

Erstlich lösen wir die Bande
Richte du sie wieder auf!

Denn uns Genien gegeben
Ward gewiß ein schönes Teil;
Euer eigenes Bestreben
Wirke nun das eigne Heil.

Sie entfernen sich.

HOFFNUNG *zu den wegeilenden Genien.*

Nehmt Gotteslohn, ihr süßen Brüder!

Sie hebt erst den Glauben auf und bringt ihn gegen die Mitte.

Und steht nur erst der Glaube fest,
So hebt sich auch die Liebe wieder.

LIEBE *die von selbst aufspringt und auf die Hoffnung loseilt.*

Ja, ich bin's, und neugeboren

Werf' ich mich an deine Brust.

GLAUBE.

Völlig hatt' ich mich verloren,
Wieder find' ich mich mit Lust.

HOFFNUNG.

Ja, wer sich mit mir verschworen,
Ist sich alles Glücks bewußt.

Denn wie ich bin, so bin ich auch beständig,
Nie der Verzweiflung geb' ich mich dahin;
Ich mildre Schmerz, das höchste Glück vollend' ich;
Weiblich gestaltet, bin ich männlich kühn.
Das Leben selbst ist nur durch mich lebendig,
Ja übers Grab kann ich's hinüberziehn,
Und wenn sie mich sogar als Asche sammeln,
So müssen sie noch meinen Namen stammeln.

Und nun vernehmt! Wie einst in Grabeshöhlen
Ein frommes Volk geheim sich flüchtete
Und allen Drang der himmlisch reinen Seelen
Nach oben voll Vertrauen richtete,
Nicht unterließ, auf höchsten Schutz zu zählen,
Und auszudauern sich verpflichtete:
So hat die Tugend still ein Reich gegründet
Und sich, zu Schutz und Trutz, geheim verbündet.

Im Tiefsten hohl, das Erdreich untergraben,
Auf welchem jene schrecklichen Gewalten
Nun offenbar ihr wildes Wesen haben

In majestätisch häßlichen Gestalten
Und mit den holden überreifen Gaben
Der Oberfläche nach Belieben schalten
Doch wird der Boden gleich zusammenstürzen
Und jenes Reich des Übermuts verkürzen.

Von Osten rollt, Lauinen gleich, herüber
Der Schnee- und Eisball, wälzt sich groß und größer,
Er schmilzt, und nah und näher stürzt vorüber
Das alles überschwemmende Gewässer:
So strömt's nach Westen, dann zum Süd hinüber
Die Welt sieht sich zerstört und fühlt sich besser:
Vom Ozean, vom Belt her kommt uns Rettung;
So wirkt das All in glücklicher Verkettung.

Vierter Auftritt

GENIEN *den drei Schwestern Kronen darreichend.*

Und so bestärkt euch, Königinnen!
Ihr seid es, obschon jetzt gebeugt.
Ihr müßt noch alles Glück gewinnen:
Vom Himmel seid ihr uns gezeugt;
Zum Himmel werdet ihr euch heben
Die Sterblichen, sie sehn's entzückt
Und glorreich über Welten schweben,
Die ihr auf ewig nun beglückt.

Doch was dem Abgrund kühn entstiegen,
Kann durch ein ehernes Geschick
Den halben Weltkreis übersiegen,
Zum Abgrund muß es doch zurück.
Schon droht ein ungeheures Bangen,
Vergebens wird er widerstehn!
Und alle, die noch an ihm hangen,
Sie müssen mit zugrunde gehn.

HOFFNUNG.

Nun begegn' ich meinen Braven,
Die sich in der Nacht versammelt,
Um zu schweigen, nicht zu schlafen,
Und das schöne Wort der Freiheit
Wird gelispelt und gestammelt,

Bis in ungewohnter Neuheit
Wir an unsrer Tempel Stufen

Wieder neu entzückt es rufen:

Mit Überzeugung, laut.

Freiheit!

Gemäßigter.

Freiheit!

Von allen Enden Echo.

Freiheit!

LIEBE.

Kommt, zu sehn, was unsre frommen
Guten Schwestern unternommen,
Die mit Seufzen sich bereiten
Auf die blutig wilden Zeiten.

GLAUBE.

Denn der Liebe Hilf' und Laben
Wird den schönsten Segen haben,
Und im Glauben überwinden
Sie die Furcht, die sie empfinden.

GENIUS I.

Ihr werdet eure Kraft beweisen,
Bereitet still den jüngsten Tag.

GENIUS II.

Denn jenes Haupt von Stahl und Eisen

Zermalmt zuletzt ein Donnerschlag.

Die sämtlichen fünfe, unter musikalischer Begleitung, kehren sich um und gehen nach dem Grunde. Die Hoffnung besteigt die Ruinen links des Zuschauers, Glaube und Liebe die Ruinen rechts; die Knaben besteigen die Treppen und stellen sich an die Pforten. Sie begrüßen sich alle untereinander nochmals zum Abschied. Es wird Nacht.

Fünfter Auftritt

UNSICHTBARES CHOR.

Sterne versanken und Monden in Blut.
Aber nun wittert und lichtet es gut:
Sonne, sie nahet dem himmlischen Thron,
Lieber, sie kommen und wecken dich schon.

Die Genien eröffnen die Pforten, indem sie sich dahinter verstecken und lauschen. Epimenides ruht noch, wie er eingeschlafen; die Lampe brennt. Er erwacht, regt sich, steht auf, tritt unter die Türe, gibt seine Verwunderung zu erkennen, tritt wankend die Stufen herunter, ungewiß, wo er sich befinde.

Sechster Auftritt

EPIMENIDES.

Und welch Erwachen! wunderbar genug!
Die Pforten öffnen sich bei düstrer Nacht.
Täuscht mich der Genien sonst so treuer Dienst?
Kein Stern am Himmel?

Es erscheint ein Komet, ungeheuer.

Welch ein furchtbar Zeichen
Erschreckt den Blick mit Rutenfeuerschein!
Wo bin ich denn? In eine Wüstenei,
Von Fels und Baum beschränkt, bin ich begraben.

Wie war es sonst! als mir die Flügeltüren
Beim ersten Morgenlicht von Geisterhand
Sich öffneten, das liebe Himmelspaar
Mich in die holde Welt herunterführte,
Mich Tempel und Palast, und nah und fern
Die herrlichste Natur mich glänzend grüßte.
Wie düster jetzt! und was der Feuerschein
Mir ahnungsvoll entdeckt, ist grausenhaft.
Wer leitet mich? wer rettet vom Verderben?
Verdient wohl euer Freund, ihr Götter, so zu sterben?

Die Genien treten, oben an der Pforte, hervor mit Fackeln.

Doch ihr erhört des treuen Priesters Ruf!
Ich sehe neuen goldnen Schein umschimmern:
Die Lieben sind's! o, wo sie leuchtend gehn,
Liegt keine Wüste, haust kein Schrecknis mehr.

Sie sind heruntergekommen und stehen neben ihm.

O sagt mir an, ihr Holden, welchen Traum
Von Ängstlichkeiten schafft ihr um mich her?

Sie legen den Finger auf den Mund.

Ich träume, ja! wo nicht, so hat ein Gott
In tiefe Wüsteneien mich verschlagen
Hier keine Spur von jenem alten Glanz,
Nicht Spur von Kunst, von Ordnung keine Spur!
Es ist der Schöpfung wildes Chaos hier,
Das letzte Grauen endlicher Zerstörung.

Genien deuten hinüber und herüber.

Was deutet ihr? Ich soll mich hier erkennen!

Die Genien leuchten voran nach der einen Seite.

Euch folgen? wohl! ihr leuchtet dieserseits.
Was seh' ich hier! ein wohlbekanntes Bild!
In Marmorglanze, Glanz vergangner Tage.
»Der Vater ruht auf seinem breiten Polster,
Die Frau im Sessel, Kinder stehn umher
Von jedem Alter; Knechte tragen zu,

Das Pferd sogar es wiehert an der Pforte;
Die Tafel ist besetzt, man schwelgt und ruht.«
Fürwahr! es ist die Stätte noch, wo mir
Des Freudentages hellste Sonne schien;
Ist alles doch in Schutt und Graus versunken.

Sie deuten, und leiten ihn nach der andern Seite.

Noch weiter? Nein, ihr Guten, nein, ach nein!
Ich glaub' es auch, es ist die alte Stätte;
Doch während meines Schlafes hat ein Gott
Die Erd' erschüttert, daß Ruinen hier
Sich aufeinander türmen, durch ein Wunder
Der Bäume, der Gesträuche Trieb beschleunigt.
So ist es hin, was alles ich gebaut
Und was mit mir von Jugend auf emporstieg.
O, wär' es herzustellen! Nein, ach nein!

Ihr nötigt mich an diese Tafel hin!
Zerschlagen ist sie, nicht mehr leserlich.
Hinweg von mir! O mein Gedächtnis! O!
Du hältst das Lied noch fest, du wiederholst es.

UNSICHTBARES CHOR.

Hast du ein gegründet Haus,
Fleh' die Götter alle,
Daß es, bis man dich trägt hinaus,
Nicht zu Schutt zerfalle
Und noch lange hinterdrein

Kindeskindern diene,
Und umher ein frischer Hain
Immer neu ergrüne.

EPIMENIDES.

Dämonen seid ihr, keine Genien!
Der Hölle, die Verzweiflung haucht, entstiegen.
Sie haucht mich an, durchdringt, erstarrt die Brust,
Umstrickt das Haupt, zerrüttet alle Sinnen.

Er beugt seine Knie, richtet sich aber gleich wieder auf.

Nein, kniee nicht! sie hören dich nicht mehr;
Die Genien schweigen, wünsche dir den Tod.
Denn wo der Mensch verzweifelt, lebt kein Gott,
Und ohne Gott will ich nicht länger leben.

Er wendet sich ab, verzweifelnd.

GENIEN *sich einander zuwinkend.*

Komm! wir wollen dir versprechen
Rettung aus dem tiefsten Schmerz
Pfeiler, Säulen kann man brechen,
Aber nicht ein freies Herz:
Denn es lebt ein ewig Leben,
Es ist selbst der ganze Mann,
In ihm wirken Lust und Streben,
Die man nicht zermalmen kann.

EPIMENIDES *wehmütig.*

O sprecht! o helft! mein Knie, es trägt mich kaum:
Ihr wollt euch bittern Spott erlauben?

GENIEN.

Komm mit! den Ohren ist's ein Traum;
Den Augen selbst wirst du nicht glauben.

Es wird auf einmal Tag. Von ferne kriegerische Musik. Epimenides und die Genien stehen vor der Pforte.

Siebenter Auftritt

Die kriegerische Musik kommt näher. Die Hoffnung, den Jugendfürsten an der Seite, führt über die Ruinen, da wo sie abgegangen ist, ein Heer herein, welches die verschiedenen neuern, zu diesem Kriege verbündeten Völker bezeichnet.

CHOR.

Brüder, auf! die Welt zu befreien!
Kometen winken, die Stund' ist groß.
Alle Gewebe der Tyranneien
Haut entzwei und reißt euch los!
Hinan! Vorwärts hinan!
Und das Werk, es werde getan!

So erschallt nun Gottes Stimme,
Denn des Volkes Stimme, sie erschallt,
Und entflammt von heil'gem Grimme,
Folgt des Blitzes Allgewalt.
Hinan! Vorwärts hinan!
Und das große Werk wird getan.

Und so schreiten wir, die Kühnen,
Eine halbe Welt entlang;
Die Verwüstung, die Ruinen,
Nichts verhindre deinen Gang.
Hinan! Vorwärts hinan!
Und das große, das Werk sei getan.

JUGENDFÜRST.

Hinter uns her vernehmt ihr schallen
Starke Worte, treuen Ruf:
Siegen, heißt es, oder fallen
Ist, was alle Völker schuf.
Hinan! Vorwärts hinan!
Und das Werk, es wäre getan.

HOFFNUNG.

Noch ist vieles zu erfüllen,
Noch ist manches nicht vorbei;
Doch wir alle, durch den Willen
Sind wir schon von Banden frei.

CHOR.

Hinan! Vorwärts hinan!
Und das große, das Werk sei getan.

JUGENDFÜRST.

Auch die Alten und die Greisen
Werden nicht im Rate ruhn;
Denn es ist um den Stein der Weisen,
Es ist um das All zu tun.
Hinan! Vorwärts hinan!
Und das Werk, es war schon getan.

CHOR.

Denn so einer »V o r w ä r t s « rufet,
Gleich sind alle hinterdrein,
Und so geht es, abgestufet,
Stark und schwach und groß und klein.
Hinan! Vorwärts hinan!
Und das große, das Werk ist getan.

Und wo eh' wir sie nun erfassen,
In den Sturz, in die Flucht sie hinein!
Ja, in ungeheuren Massen
Stürzen wir schon hinterdrein.
Hinan! Vorwärts hinan!
Und das alles, das Werk ist getan.

Achter Auftritt

Glaube und Liebe mit den Frauen und Landbewohnern an der andern Seite.

CHOR.

Und wir kommen
Mit Verlangen,
Wir, die Frommen,
Zu empfangen
Sie, die Braven,
Sie mit Kränzen
Zu umschlingen.

Und mit Hymnen
Zu umsingen,
Zu erheben
Jene Braven,
Die da schlafen,
Die gegeben
Höhrem Leben.

LANDBEWOHNER *aller Alter und Stände.*

Und die wir zurückgeblieben,
Eurer Kraft uns anvertraut,
Haben unsren kühnen Lieben
Haus und Hof und Feld gebaut;
Und wie ihr im Siege schreitet,

Drückt uns traulich an die Brust:
Alles, was wir euch bereitet,
Lang' genießt es und mit Lust.

SÄMTLICHE CHÖRE.

Und mit den wichtigsten Geschäften
Verherrlicht heut' den großen Tag,
Zusammen all' mit vollen Kräften
Erhebt den Bau, der niederlag:
Strebt an Glück auf Strebt an!
Nur zu! und schon regt sich's hinan.

Und schon der Pfeiler, der gespalten,
Er hebt gefüget sich empor,
Und Säulenreihen, sie entfalten
Der schlanken Stämme Zierd' und Flor.
Strebt an Glück auf Strebt an!
Es steht, und das Werk ist getan.

Indessen sind die Ruinen wieder aufgerichtet. Ein Teil der Vegetation bleibt und ziert.

Neunter Auftritt

Epimenides mit zwei Priestern.

EPIMENIDES *nach oben.*

Wie selig euer Freund gewesen,
Der diese Nacht des Jammers überschlief,
Ich konnt's an den Ruinen lesen,
Ihr Götter, ich empfind' es tief!

Zu den Umstehenden.

Doch schäm' ich mich der Ruhestunden;
Mit euch zu leiden, war Gewinn:
Denn für den Schmerz, den ihr empfunden,
Seid ihr auch größer, als ich bin.

PRIESTER.

Tadle nicht der Götter Willen,
Wenn du manches Jahr gewannst:
Sie bewahrten dich im stillen,
Daß du rein empfinden kannst.
Und so gleichst du künft'gen Tagen,
Denen unsre Qual und Plagen,
Unser Streben, unser Wagen
Endlich die Geschichte beut;
Und nicht glauben, was wir sagen,
Wirst du, wie die Folgezeit.

GLAUBE.

Zum Ungeheuren war ich aufgerufen,
Mir dienten selbst Zerstörung, Blut und Tod;
So flammte denn an meines Thrones Stufen
Der Freiheit plötzlich furchtbar Morgenrot.

Schneidend eisige Lüfte blasen,
Ströme schwellen Schlund auf Schlund,
Und der Elemente Rasen,
Alles kräftigte den Bund.
Heil der Edlen, die den Glauben
In der tiefsten Brust genährt,
Unter Glut und Mord und Rauben
Das Verderben abgewehrt.

Ihr danken wir, nach mancher Jahre Grauen,
Das schöne Licht, das wir vergnüglich schauen.

LIEBE.

Begrüßet ihn mit liebevollen Blicken,
Der liebevoll bei seinem Volk verweilt,
Der treuen Seinen neubelebt Entzücken
Mit offnem holden Vaterherzen teilt.
Der Edle hat mit Edlen sich verbündet,
Da jauchzte kühn die treue Schar;
Und wo die Liebe wirkt und gründet,
Da wird die Kraft der Tugend offenbar,
Das Glück ist sicher und geründet.

HOFFNUNG.

Ich will gestehn den Eigennutz, o Schwestern!
Für jedes Opfer fordr' ich meinen Lohn,
Ein selig Heute für ein schrecklich Gestern,
Triumpheswonne statt der Duldung Hohn:
So wollt' ich es dem hohen Paare geben,
Von dessen Blick beseelt wir alle leben.

EPIMENIDES.

Die Tugenden, die hier ein kräftig Wirken
Und in unendlichen Bezirken
Sich herrlich tausendfach gezeigt,
Den höchsten Zweck mit Blitzesflug erreicht,
Sie helfen uns die größten Tage feiern.
Nur eine, die mit treuer Hand
Die Schwestern fest und zart verband,
Abseits, verhüllt bescheiden stand,
Die Einigkeit muß ich entschleiern.

Er führt eine bisher verborgen gebliebene Verschleierte hervor und schlägt ihr den Schleier zurück.

Zehnter Auftritt

DIE EINIGKEIT.

Der Geist, der alle Welten schafft,
Durch mich belehrt er seine Teuren:
»Von der Gefahr, der ungeheuren,
Errettet nur gesamte Kraft.«
Das, was ich lehre, scheint so leicht,
Und fast unmöglich zu erfüllen:
»Nachgiebigkeit bei großem Willen.«
Nun ist des Wortes Ziel erreicht,
Den höchsten Wunsch seh' ich erfüllen.

JUGENDFÜRST.

Ja, alle Kronen seh' ich neu geschmückt
Mit eignem Gold, mit Feindes Beute;
Ihr habt das Volk, ihr habt euch selbst beglückt;
Was ihr besitzt, besitzt ihr erst von heute.
Zwar hat der Ahnen würdiges Verdienst
Die goldnen Reife längst geflochten,
Doch nun ist's eigener Gewinst:
Ihr habt das Recht daran erfochten.

EPIMENIDES.

Und wir sind alle neugeboren,
Das große Sehnen ist gestillt;
Bei Friedrichs Asche war's geschworen
Und ist auf ewig nun erfüllt.

CHOR DER KRIEGER.

Und wir wandeln mit freien Schritten,
Weil wir uns was zugetraut,
Und empfangen in unsre Mitten
Gattin, Schwester, Tochter, Braut.
Getan! Glück auf! Getan!
Und den Dank nun zum Himmel hinan!

CHOR DER FRAUEN.

Euch zu laben,
Laßt uns eilen,
Unsre Gaben
Auszuteilen,
Eure Wunden
Auszuheilen:
Selige Stunden
Sind gegeben
Unsrem Leben!

Große Gruppe.

EPIMENIDES.

Ich sehe nun mein frommes Hoffen
Nach Wundertaten eingetroffen;
Schön ist's, dem Höchsten sich vertraun.
Er lehrte mich das Gegenwärt'ge kennen;
Nun aber soll mein Blick entbrennen,
In fremde Zeiten auszuschaun.

PRIESTER.

Und nun soll Geist und Herz entbrennen,
Vergangnes fühlen, Zukunft schaun.

CHOR.

So rissen wir uns ringsherum
Von fremden Banden los.
Nun sind wir Deutsche wiederum,
Nun sind wir wieder groß.
So waren wir und sind es auch
Das edelste Geschlecht,
Von biederm Sinn und reinem Hauch
Und in der Taten Recht.

Und Fürst und Volk und Volk und Fürst
Sind alle frisch und neu!
Wie du dich nun empfinden wirst
Nach eignem Sinne frei.
Wer dann das Innere begehrt,
Der ist schon groß und reich;
Zusammen haltet euren Wert,
Und euch ist niemand gleich.

Gedenkt unendlicher Gefahr,
Des wohlvergoßnen Bluts,
Und freuet euch von Jahr zu Jahr
Des unschätzbaren Guts.
Die große Stadt, am großen Tag,
Die unsre sollte sein
Nach ungeheurem Doppelschlag
Zum zweitenmal hinein!

Nun töne laut: Der Herr ist da!
Von Sternen glänzt die Nacht.
Er hat, damit uns Heil geschah,
Gestritten und gewacht.
Für alle, die ihm angestammt,
Für uns war es getan,
Und wie's von Berg zu Bergen flammt,
Entzücken flamm' hinan!

Der Vorhang fällt.